I0551380

ASSASSINAT

DE

GEORGES CADOUAL.

&c. &c. &c.

ASSASSINAT

DE

GEORGES CADOUAL,

le 25 Juin 1804 ;

L'APOTHEOSE, LE COURONNE-MENT ET LA ROBE IMPERIALE

DE

BUONAPARTE,

Par l'Auteur du Poème sur l'Assassinat du Duc D'Enghien.

Justum et tenacem propositi virum
Non civium ardor prava jubentium,
Non vultus instantis tyranni
Mente quatit solida, &c. HORAT.

A LONDRES:

De l'Imprimerie de P. DAPONTE et VOGEL, No. 15,
Poland Street, Oxford Street ;

Et se vend chez DULAU et Co. Soho Square, et DECONCHY,
New Bond Street.

1804.

ÉPITRE DÉDICATOIRE

A

M.^{srs} LES ÉMIGRÉS,

vrais François, fidèles à leur Dieu et à leur Roi.

C'est à vous, Messieurs, que j'ai l'honneur de présenter cet hommage de ma foible muse ; le tableau de l'affreux assassinat de GEORGE CADOUAL par le soudan des assassins de la France, qui a suivi de près le massacre, plus horrible encore, du jeune héros, l'objet de notre amour et de notre espoir, le Duc D'ENGHIEN. Vous y verrez les vertus qui vous accompagnent, les sentimens nobles dont vous êtes remplis et les maximes que vous pratiquez ; vous y contemplerez votre fidèle portrait. C'est ce qui me fait espérer que vous aurez la bonté d'agréer mon ouvrage. S'il obtenoit votre estime et votre approbation, je me croirois glorieusement récompensé de mon travail.

J'ai l'honneur d'être, avec un profond respect,

MESSIEURS,

Votre très-humble
et très-obéissant serviteur,

CLEMENCEAU.

*Magistrat François
No. 2 Silver Street
Sqre — London*

ASSASSINAT

DE

GEORGES CADOUAL.

———

Muse, de la douleur prête-moi le langage,
D'Horace inspire-moi les lugubres accens,
Lorsqu'à Quintilius, ce Romain juste et sage,
    Il brûle un triste encens.

Le Néron, de d'Enghien meurtrier exécrable,
Dans la France vomi par l'abîme infernal,
Vient de répandre encor dans sa rage implacable
    Le sang de Cadoual.

Pleurez, vous, ô Bourbons, noyez-vous dans vos larmes,
Vous avez perdu l'un de vos ardens amis,
Qui, fidèle à vous seuls, a consacré ses armes
    Contre vos ennemis.

Son zèle, ses travaux, sa plus vive allégresse,
Son seul objet étoient de son Roi le retour ;
C'étoit toute sa gloire, il y pensoit sans cesse,
    Et la nuit et le jour.

Souvent il le disoit à Dieu dans son hommage,
Quand du républicain il voyoit les forfaits :
" Oui, je jure, Seigneur, de rendre ton image
    " Aux malheureux François.

" A la France je veux rendre ton doux empire
" Qu'ont détruit des tyrans ennemis de ta loi,
" Et lui rendre la paix qu'en vain elle désire,
    " Sans son Monarque et toi.

" Ce sont mes vœux ardens, mon serment immuable,
" Et je les scellerai, s'il faut, de mon trépas :
" Prête-moi le secours de ton bras redoutable
    " Dans mes nobles combats.

" Accorde moi, mon Dieu, le plaisir ineffable,
" Pour prix de mes labeurs, de les voir accomplis,
" D'y voir, avant ma fin, le règne désirable
    " De tes lois et des lis."

O vaillant CADOUAL, ô cœur vraiment sublime,
Oui, pour les rétablir toujours tu combattras ;
Mais Dieu, dont les conseils sont pour l'homme un
    Ne t'exaucera pas.   [abîme,

D'ancêtres décorés le pompeux étalage
De ce nouveau Chevert (1) n'orne point le berceau ;
De Cappel (2) les vertus en furent l'appanage
    Et l'ornement plus beau.

Dès que l'enfer vomit le monstre, l'anarchie,
Qui renversa l'empire avec son Souverain,
Il opposa toujours sa brûlante énergie
    Au vil républicain.

Incorruptible ami du Monarque son maître,
Oui, plus noble, plus grand qu'un Moreau trop fameux,
Malgré ses qualités, indigne et lâche traître
    A son Roi malheureux.

Ses lauriers trop vantés sont flétris sur sa tête
Par la rebellion, le plus noir des forfaits ;
Mais l'éclat des lauriers de celui que je fête
    Brillera pour jamais.

Voyons ce digne chef, au sein de l'Armorique
De l'immortel Charette égaler les exploits,
Poursuivre et foudroyer l'horrible république
    Qui massacre les Rois.

Ce valeureux guerrier, de l'infâme rebelle,
Quelque nombreux qu'il fût, confondoit les efforts,
Et plus foible souvent, mais enflammé de zèle,
    Jonchoit leurs champs de morts.

" Mes amis," disoit-il à ses troupes fidèles,
" Combattons pour Louis contre les Bagoas (3),
" L'honneur suit nos drapeaux, mais sous ceux des
    " Non, il ne germe pas.   [rebelles,

" Comme eux leurs généraux sont couverts d'infamie
" En dépit des succès de leurs combats honteux ;
" Ils soutiennent, hélas ! l'horrible tyrannie
    " Des Nérons furieux.

" Quelle gloire pour nous, si notre ardent courage
" Pouvoit exterminer leur détestable essaim,
" Rendre à Dieu ses autels, rendre son appanage
    " A notre Souverain !

Muse, peins ses travaux, son zèle infatigable,
Veilles, vaillans exploits, dangers qu'il a courus :
Surtout sa fermeté sublime, inébranlable,
    Reine de ses vertus.

O champs de la Vendée, où le François fidèle
A répandu son sang pour l'autel et les lis ;
Vous fûtes les témoins de ce qu'a fait son zèle
    Contre leurs ennemis.

Mais comment vaincre seul, avec tout son courage,
D'innombrables suppôts de la rebellion ?
Sans soutien, sans ressource, il échappe à leur rage
    Et visite Albion.

De la gloire suivi, ce guerrier magnanime,
Sans craindre du tyran la hache et les poisons,
De l'Anglois accueilli possédoit son estime
    Et celle des Bourbons.

Hélas ! vous jouiriez encor de sa présénce,
O Bourbons, si pour vous il n'eût pas tant brûlé ;
Si pour vous son amour vers la maudite France
    Ne l'eût point rappelé.

" Oui, j'irai, vous dit-il, plein d'une noble audace ;
" Je veux exterminer le monstre usurpateur :
" Je brave de la mort la faux qui me menace,
    " Je ne vois que l'honneur.

" Non, non, je ne puis plus rester ici sans crime (4) :
" C'est un sanglant Phocas, il faut l'anéantir ;
" Je vole pour mon Roi que j'aime et que j'estime,
    " Ou l'abattre, ou mourir.

Arrête, ô CADOUAL, la flamme qui t'embrase :
L'Arbitre des Etats rejette tes desseins.
Tu le sais, c'est lui seul dont la justice écrase
    Les tyrans assassins.

Ces orgueilleuses tours, s'élevant de la poudre,
Semblent toucher le ciel à nos yeux confondus ;
Mais quand vous repassez, sous l'éclat de la foudre
    Ont croulé, ne sont plus.

Ah ! des traitres je vois la cohorte innombrable
Te trouver, te saisir, malgré ton vain effort ;
De chaînes te charger, et le Corse implacable
    Te vouer à la mort.

Attends qu'enfin pour nous le Très-Haut se déclare :
Tu serviras ton Roi dans des temps plus heureux.
Ne va point t'exposer aux fureurs du barbare.
    Ah ! demeure en ces lieux.

Mais, hélas ! il est sourd à nos vaines prières.
Emporté malgré nous par ses nobles ardeurs,
Il part ce Régulus, au milieu de ses frères
    Et ses amis en pleurs.

Chêne antique des monts qu'un vent épouvantable
Ne fait point chanceler par ses coups furieux,
Sur la rive des mers rocher inébranlable
    A leurs flots écumeux.

Lion dans les combats, ardent, plein de courage,
Que des tigres nombrenx ne peuvent ébranler,
Qui seul brave intrépide et la mort et leur rage,
    Sans jamais reculer.

" Dieu," dit-il, " dont le doigt dirige les empires,
" Quand tu les mets aux mains des Mézences cruels,
" Par leurs crimes lassé sans doute tu désires
    " Châtier les mortels.

" Oui, ma patrie avoit épuisé ta clémence,
" Par l'irréligion, des forfaits éclatans ;
" Mais trois lustres entiers, Dieu bon, de ta vengeance :
    " Ah ! pardonne, il est temps.

" C'est pour toi que j'agis, et ton esprit m'anime,
" Quand je veux rétablir ton image, mon Roi :
" Pourrois-tu rejeter mon plan saint et sublime,
    " De rappeler ta foi.

Anges, veillez sur lui, c'est pour Dieu, pour sa gloire,
Qu'il veut aller braver le glaive et le poison ;
Sous vos ailes couvert, qu'il gagne la victoire
    Sur le cruel Néron.

Qu'il abatte à ses pieds son exécrable tête,
Celles de ses bourreaux et de tous ses amis ;
Que dans une splendide et ravissante fête
    Il couronne Louis.

Qu'il relève du Christ l'auguste sanctuaire,
Et lui rende ses droits, ses prêtres, ses prélats ;
Qu'il bannisse jureur et soumissionaire (5),
    Appuis des scélérats.

Mais les anges, hélas ! ont fermé les oreilles :
Emigrés malheureux, Dieu repousse vos cris ;
Il rallume en courroux les fureurs non pareilles
    Du sanglant Phalaris.

Pour perdre de mon Roi les soutiens magnanimes,
Il invente et produit les conspirations.
Lui seul conspirateur, traître aux Rois légitimes,
    Chef des rebellions.

Fatal renversement de la force rebelle !
Des brigands révoltés, cœurs vils et corrompus,
Jugent l'homme à son Dieu comme au prince fidèle,
    Le crime les vertus.

Corse ignoble, c'est toi, Mézence détestable,
Qu'on doit devant Thémis sous les fers appeler ;
C'est toi, du fils des Rois meurtrier exécrable
    Qu'on doit écarteler.

C'est toi, si l'on vengeoit tes meurtres innombrables,
Qu'il faudroit, pour garder de l'équité les lois,
Faire, si l'on pouvoit, dans des maux effroyables,
    Mourir cent et cent fois.

Ne te rassure pas, ô monstre sanguinaire,
Si l'on ne peut punir qu'une fois tes excès ;
Dieu saura mesurer, dans l'infernal repaire,
    La peine à tes forfaits.

Non, tu ne connois point le ciel ni le tartare,
Tu nous le prouves trop par tes assassinats ;
Mais ton impiété, Socinien barbare,
    Ne les détruira pas.

Cependant sur ta tête est l'effrayante épée :
Chéris bien tes soldats, soutiens leur lâche foi ;
Dans ton infâme sang elle sera trempée,
    S'ils s'éloignent de toi.

Mais qu'entends-je, quels cris ! du despote perfide,
Corrompus par son or, je vois les vils suppôts
Arrêter CADOUAL qui, d'un air intrépide,
    Leur adresse ces mots :

" Pourquoi m'arrêtez-vous ? dites, quel est mon crime,
" Dites plutôt quelle est votre aveugle fureur ;
" En vous rendant Louis, votre Roi légitime,
    " Je vous rends le bonheur.

" Vous ne le goûterez que sous son doux empire :
" Arrêtez, foudroyez l'ignoble usurpateur,
" Ce cruel assassin, ce barbare vampire,
    Ce lâche empoisonneur.

" C'est lui qui parmi vous a semé le carnage
" C'est un vil étranger, obscur, ambitieux,
" Qui retient dans les fers d'un cruel esclavage
    " Les François malheureux.

Insensible à l'honneur, la horde impitoyable
Le conduit dans les fers, sans écouter sa voix ;
Pour dévorer un daim, tel le tigre implacable
    L'entraîne dans les bois.

Sûr d'être dévoré par la sanglante hyène
Qui couvrit et l'Egypte et l'Europe de morts,
De la religion pour supporter sa chaîne
    Il connoît les ressorts.

Sous ces lugubres toits, du deuil affreux asile,
Livré seul à lui-même, il s'élance vers Dieu,
Vers celui qui console et rend l'âme tranquille
    Dans le plus triste lieu.

" Voilà donc, ô grand Dieu, quelle est ma destinée
" Après tant de périls, de peines, de travaux,
" Pour délivrer enfin la France infortunée
    " Du plus grand des fléaux.

" Des desseins des mortels, ô vanité frappante !
" Un ravissant tableau se présentoit à moi,
" Louis avec son sceptre et partout triomphante
    " De Jésus-Christ la foi.

" Je voyois ses pasteurs renouveler la France,
" L'usurpateur puni, ses suppôts abattus,
" J'y voyois revenir après leur longue absence
    " La gloire et les vertus.

" Je voyois des François l'existence nouvelle ;
" Au lieu de l'œil hagard de la férocité
" Confiance, douceur, charité mutuelle
    " Des mœurs l'aménité.

" Je voyois sous leur Roi leur douce jouissance,
" Libres, loin des soldats du cruel Phalaris,
" Chanter de leur Bourbon l'amour et la puissance
    " Dans les jeux et les ris.

" Je voyois. . . . Ah ! Seigneur, si de ta providence
" J'avois cru traverser les trop justes décrets,
" J'aurois, les adorant dans un humble silence,
    " Etouffé mes projets.

" Tu voulus me livrer au Julien sanguinaire,
" Je t'en bénis, grand Dieu, je touche à l'heureux port :
" Par ta foi soutenu, sans crainte, et pour te plaire,
    " Je souffrirai la mort.

O Dieu, des vrais François écoute la prière,
Toi qui peux étouffer la fureur des pervers,
Que l'ange qui jadis a rompu ceux de Pierre
     Vienne briser ses fers.

Je le vois au milieu de ses juges superbes,
Esclaves du Néron, déterminés bourreaux,
Ainsi qu'un cèdre altier parmi les viles herbes
     Rampant sous ses rameaux.

Qu'êtes-vous ?—" De Louis le sujet et l'égide,
" Il est mon Roi, je viens lui rendre son pouvoir,
" A vous, lâches sujets d'un étranger perfide,
     " Montrer votre devoir.

" A votre maître, à Dieu, vous êtes, vous, rebelles,
" C'est vous qu'on doit juger et condamner à mort.
" Mes compagnons et moi nous leur sommes fidèles
     " Et chantons notre sort.

" Bientôt viendra le jour où de votre infamie
" Par un juste tourment le ciel vous punira,
" Mais vous mourrez alors avec l'ignominie
     " Et l'honneur nous suivra."

Alors j'entends l'arrêt de leurs bouches infâmes :
" La mort. . . . puisqu'il se dit l'égide de ses Rois."
O murs, vous frémissez, toi, Thémis, tu réclames,
     Ils sont sourds à vos voix.

Ainsi quand des humains le Sauveur adorable
Dit au juge qu'il est le fils du Roi des Rois,
Le suppôt des enfers, injuste, impitoyable,
     Le condamne à la croix.

Que vois-je en sa prison ! quelle vive lumière !
Est-ce un ange éclatant ? c'est le jeune d'Enghien,
Qui descendu des cieux sur la vapeur légère,
  Lui dit d'un ton serein.

« Brave guerrier ; oui, Dieu refusa la victoire
« A tes nobles desseins, à tes sublimes vœux ;
« Mais il veut aujoud'hui d'une ineffable gloire
  « Les couronner aux cieux ?

« Il n'a point accepté notre foible assistance,
« Pour rétablir son culte et les lis glorieux.
« Mais le moment approche, où sans nous sa puissance
  « Accomplira nos vœux,

« Quand il opérera la merveille frappante,
« Les humains dans lui seul en béniront l'auteur ;
« En vain le meurtrier fuira plein d'épouvante
  « Avec son sectateur.

« Tes peines vont finir, tu vas quitter le monde,
« Lieu de trouble, de deuil, de forfaits et d'horreurs.
« Viens au ciel, ah ! c'est là que d'une paix profonde
  « On goûte les douceurs.

Après avoir ainsi fortifié son âme,
D'Enghien, hélas ! d'Enghien, si cher si précieux.
D'Enghien, qu'un vrai François, toujours en vain réclame,
  Remonte dans les cieux.

Avant que de trancher une si belle vie,
Le tyran résolu d'en terminer le cours,
Lui présente un pardon joint avec l'infamie,
  Pour racheter ses jours.

BIBLIOTHÈQUE NATIONALE

Tyran, tu méconnois mon héros magnanime ;
Pour écarter la mort voudroit-il se flétrir ?
Non, je serois, dit-il, en commettant ce crime,
    Digne alors de mourir.

Ainsi dans une cause aussi juste, aussi belle,
Sourd aux sanglots des siens, le généreux Morus, (6)
Préféra le trépas, pour être à Dieu fidèle,
    A quelques ans de plus.

Entouré de soldats, que le tigre implacable
Arme pour étouffer du peuple le courroux,
Il marche vers la mort, et son air redoutable
    Les épouvante tous.

Sur ces lâches soldats, grand Dieu, lance la foudre ;
Ils trahissent leur Roi pour défendre un brigand.
Punis leur perfidie, et qu'ils tombent en poudre
    Avec leur vil tyran.

Sur son triste passage, admirant sa vaillance,
Les femmes du Nabis (7) maudissent les fureurs,
Et montrent leur pitié, leur tendre bienveillance,
    Par des torrens de pleurs.

Tel des Carthaginois le captif magnanime
Retournoit, au milieu des peuples gémissans,
D'un ennemi cruel, glorieuse victime,
    Affronter les tourmens.

" Ah ! ce n'est pas sur moi qu'il faut verser des larmes,
" O femmes, leur dit-il, pleurez, pleurez sur vous,
" Pleurez sur le François qu'on vit prendre les armes
    " Contre un Roi sage et doux,

« Pleurez sur le François que du ciel la vengeance
« Depuis trois lustres livre aux plus cruels bourreaux ;
« Abandonne aux fureurs d'un barbare Mézence,
      « Le plus grand des fléaux.

« Pleurez sur le François dont les exploits sans gloire,
« Malgré leur faux éclat seront toujours flétris :
« Qui contre Dieu, son Roi, remportoit la victoire
      « Pour d'odieux bandits.

« Pleurez sur le François qui ne rompt point les chaînes
« D'un Tibère étranger dont le glaive est la loi,
« Ne sauvé pas la France, en remettant ses rênes
      A son père et son Roi.

« Pleurez sur la cité, Babylone coupable,
« Teinte encore du sang de l'image de Dieu :
« Sur laquelle va fondre un déluge effroyable
      « Et de soufre et de feu.

« Pleurez sur vos enfans nourris dans les maximes,
« Que soufflent l'athéisme et les rebellions :
« Qui marchent loin de Dieu dans le sentier des crimes,
      « Et de leurs passions.

————

§ §

Au lieu fatal il montre encor plus de courage,
Suivi des compagnons de sa fidélité,
Qui tous ainsi que lui portent sur leur visage
La noble fermeté.

Tel accablé de traits le lion intrépide,
Alors qu'il voit sa fin, redouble sa fureur,
Et la troupe acharnée et de son sang avide,
Recule de terreur.

Dans ce moment lugubre, ô flambeau de la terre,
Je t'adresse mes vœux, ne les rejette pas ;
Demeure au sein de l'onde, et ravis ta lumière
A ces assassinats.

Ah ! si tu peux encore la prêter au Mézence
Qui de sang, en tous lieux, aime à verser des flots ;
Tu dois perdre ici-bas ta funeste existence ;
Rentre dans le chaos.

Tu devois la soustraire au meurtres innombrables,
Au régicide affreux du meilleur des Bourbons,
Aux horribles forfaits, aux jours abominables
Des barbares Nérons.

Grand Dieu, son créateur, à ce Phare du monde,
Sur ces soldats cruels, ces bourreaux furieux,
Ordonne de verser la nuit la plus profonde,
Et toi verse les feux.

Contre les fiers tyrans c'est toi que je réclame,
Toi seul peux mettre un terme à leur férocité.
Quand le soldat séduit prête son bras infâme
    A leur autorité.

O terre, à ce moment te verrai-je immobile ?
Ne frémiras-tu point d'horreur et de courroux !
Ouvre-toi : que l'enfer, leur naturel asile,
    Les engloutisse tous.

Contemplons CADOUAL sur la scène sanglante,
Pour un traître à son Roi, siége du déshonneur ;
Pour son fidèle ami scène noble et touchante
    De gloire et de splendeur.

Il parle, et c'est en vain que le soldat féroce
Pour étouffer sa voix double ses sons bruyans :
Ah ! tu comprends assez, malgré ce bruit atroce,
    O France, ses accens.

" Voici l'heureux moment, mon Sauveur, où j'expire,
" Pour défendre ta cause et celle de mon Roi.
" Exauce-moi ; rends-lui de ses pères l'empire,
    " Et qu'il règne pour toi.

" O Roi des Rois ! défends sa personne chérie (8) ;
" De tes anges autour place les escadrons,
" Qui repoussent du Corse, homicide furie,
    " Et l'arme et les poisons.

" Je t'en conjure, ô Dieu, calme enfin ta colère,
" Délivre mon pays de son joug étranger.
" Ce bien que je cherchois, et qu'en mourant j'espère,
    " Pourra seul me venger.

Mais que vois-je ? ô prodige ! à ses yeux le ciel s'ouvre ;
A cette vue il est d'allégresse ravi,
Sur des trônes brillans un ange lui découvre
     Louis Seize et Henri.

Insensible aux bourreaux, insensible aux supplices,
Il écoute leur voix qui l'appelle avec eux ;
Il lui semble déjà partager les délices,
     Des habitans des cieux.

Je te réclame, ô Dieu ! la hache, hélas ! est prête !
O toi, qui d'Abraham arrêtas le couteau,
Que ton ange soudain retienne sur sa tête
     Celui de son bourreau.

Sous le glaive étendu, plein du Dieu qui l'enflamme,
Quand il contemple au ciel les deux Rois glorieux,
Le fer tombe, il expire, il n'est plus, et son âme
     Prend l'essor auprès deux.

Viens, tigre furibond, rassasier ta rage :
Viens, ravi, contempler son cadavre sanglant.
Viens, monstre, consumé de la soif du carnage,
     T'enivrer de son sang.

Mais ne crois pas jouir de ton meurtre exécrable.
Non, tu ne craindras plus pour son Roi ses efforts :
Mais il te poursuivra, vengeur impitoyable,
     Même au séjour des morts.

Nuit et jour, en tout lieu, son ombre menaçante,
Vengeresse furie attachée à tes pas,
Et l'ombre de d'Enghien encor plus déchirante
     Ne te quitteront pas.

Mille autres te suivront, qui non moins implacables,
Du courroux du Seigneur te liront les arrêts,
Ecoute, en peu de jours des tourmens effroyables
     Puniront tes forfaits.

Loups, Tigres, Léopards, Hyène dévorante, (9)
Déchireront entre eux ton cadavre infectant
Le bourreau plongera ta tête palpitante,
     Dans un vaisseau de sang.

La mort de ce guerrier a fermé les paupières,
Oubliant qu'il étoit digne des plus longs jours.
Quelle perte ! ô François ! à vos larmes amères
     Laissez un libre cours.

Je la presse, en pleurant, de le rendre à la terre ;
Mais quand elle introduit au séjour ténébreux,
Elle est sourde ; on ne peut par aucune prière
     Revoir l'astre des cieux.

O toi qui l'enfantas : trop malheureuse mère,
Tu maudis du Néron l'inflexible fureur.
Tu vas sur son tombeau, détestant la lumière,
     Expirer de douleur.

Mais avant de mourir, cours, d'amour enflammée,
En désordre, en fureur, lui demander son sang.
Fais-toi jour au travers de sa garde alarmée,
     Jusqu'au cruel tyran.

Dis-lui, rend-moi mon fils, détestable vampire,
Rends-moi mon seul soutien, mon bonheur ici-bas.
Rends-moi mon fils. Je meurs ! mais dans le sombre
     Monstre, tu me suivras.   [empire,

Plonge alors dans le sein de l'horrible furie
Le poignard préparé sous tes sombres habits ;
Et Judith glorieuse, en sauvant ta patrie,
  Meurs et vole à ton fils.

Vous, ses frères, à Dieu comme aux Princes fidèles,
De ses rares vertus, vous les imitateurs.
Vous frémissez, et pleins de vos douleurs cruelles,
  Vous serez ses vengeurs.

Ciel ! le trône a perdu ses plus fermes égides !
De son triomphe Achab fait entendre les chants ;
Assassins, apostats, voleurs et régicides
  Y joignent leurs accens.

Fuis, espérance, fuis, désolante chimère,
Cesse de nous tromper par tes charmes trop doux.
Je le vois, Dieu jamais de sa juste colère
  Ne suspendra les coups.

Mais que dis-je ? où m'emporte une sombre tristesse ?
Je la vois cette Vierge : elle descend des cieux.
Elle vient à Louis, et porte l'allégresse
  Sur son front radieux.

« Dieu, lui dit-elle, enfin ne veut plus de victimes :
« Au barbare Attila, de son ire instrument,
« Il vient de prononcer de ses horribles crimes
  « Le juste châtiment.

« Il va te rendre enfin le sceptre de la France,
« Et c'est par toi qu'il veut y rétablir ses lois,
« Rendre à ses vrais pasteurs leurs biens et leur puissance,
  « A tes amis leurs droits.

« Alexandre et Gustave, inspirés de Dieu même,
« Christierne, Albion, unis loyalement,
« Produiront, soutenus de son pouvoir suprême,
    « Cet heureux changement :

Que vois je ? quel éclat dans la voûte azurée !
Le ciel s'ouvre, et j'y vois CADOUAL glorieux.
D'ineffables douceurs son âme est enivrée,
    Au sein du Roi des cieux.

Il porte dans sa main la palme du martyre,
De gloire rayonnant à côté de d'Enghien.
Il m'invite à chanter aux François sur ma lyre
    Son illustre destin

« Vous pleurez, ne dit-il, la fin de ma carrière,
« Et vous désireriez m'arracher au tombeau ;
« Mais pensez que le jour où j'ai quitté la terre,
    « Est mon jour le plus beau.

« Oui, ravi, j'aurois vu d'Henri le diadême
« Replacé sur le front de mon Roi vertueux ;
« Mais je contemple ici le Monarque suprême
    « De la terre et des cieux.

« Si les humains voyoient ses attraits ineffables,
« Sceptres, grandeurs, trésors n'en auroient point pour
« Tous laissant comme moi les objets périssables, [eux,
    « Voudroient voler aux cieux.

« Oui, j'aurois vu, rempli d'une allégresse extrême,
« De la religion le retour triomphant :
« Mais ici je la vois dans l'Homme-Dieu lui-même,
    « Son auteur ravissant.

" J'aurois vu les Bourbons rendre aux François la vie;
" Mais je n'aurois point vu d'Enghien héros chéri,
" Ici je le contemple et dans sa compagnie
   " Les Louis et Henri.

" Sur ma tombe, émigrés, ne versez plus de larmes.
" Ne donnez qu'à Dieu seul votre amour et vos pleurs
" Joignez à la bravoure, à la force des armes
   " La pureté des mœurs.

O CADOUAL ! au ciel, si nous voyons ta gloire,
Nos regrets ne sont pas moins vifs, moins douloureux :
Et les chants des François transmettront ta mémoire
   A nos derniers neveux.

Emigrés, qui pleurez sa perte désolante,
Vous le réjoindrez tous dans l'asile des morts.
Pour partager aux cieux sa couronne éclatante,
   Employez vos efforts.

La hache du tyran termina sa carrière ;
Et la faux de la mort va terminer vos jours.
Il vous dit du tombeau : Dieu seul est sur la terre
   Digne de vos amours.

A vos yeux s'ouvriront les portes éternelles
Quand la mort de vos jours aura tranché le fil :
Heureux lors, à ses lois si vous fûtes fidèles
   Dans votre long exil.

Heureux, si préférant l'exil et la misère,
Avec un cœur sublime et constamment loyal,
Vous n'avez point voulu, bas soumissionaire,
   Fléchir devant Bélial.

Theâtres, jeux, plaisirs ne sont point le partage
Des mortels dans l'exil dévoués au malheur.
Israël relégué sur un lointain rivage,
Ne les connoissoit point, mais la seule douleur.
Un tyran de d'Enghien a fermé la paupière ;
Des Bourbons, de la France on entend les soupirs,
Sur nos têtes de Dieu gronde encor le tonnerre ;
O ciel ! et l'on pourroit se livrer aux plaisirs !

Pour vous, dans Albion émigrés et lévite,
Le grand, l'unique objet doit être le Seigneur.
Au milieu de vos maux, c'est Dieu seul qui mérite
De remplir votre esprit, d'enflammer votre cœur.
Vous pourez, je le sais, à ma muse insensibles,
N'avoir que du mépris pour mes foibles accords.
Mais vous ne pouvez pas demeurer inflexibles
A la puissante voix de nos illustres morts.

Jeunes, vous reverrez dans toute sa puissance
Louis, des factieux réparer tous les maux,
Mais sans religion, vous seriez de la France
          L'opprobre et les fléaux.

Vieux, vous ne verrez point cette France nouvelle,
Vous fermerez avant l'œil à l'astre du jour.
A l'arbitre des Rois dont la voix vous appelle
          Donnez tout votre amour.

O prince vertueux ! ô mon Monarque aimable !
Que j'ai vengé naguère (10), ainsi que tous les Rois,
Règne en paix.   Moi j'entends de la mort implacable
          L'impérieuse voix.

Trop tôt je meurs blanchi par ma douleur extrême,
Ah ! j'aurois souhaité, mais hélas, vain désir !
Mourir en te voyant ceint de ton diadème,
          D'amour et de plaisir.

Reçois, ô CADOUAL, de mon cœur cet hommage.
Du chantre de Chio que n'ai-je le talent ?
Je t'aurois élevé dans son noble langage
    Un digne monument.

Obtiens-moi du Seigneur ta sublime énergie,
Pour souffrir tous les traits que lance son fléau,
Et passer, sans frémir, au terme de ma vie,
    Dans la nuit du tombeau.

Sombreuil, Stofflet, Charette, et vous nobles victimes,
Que je vois avec lui dans la Sainte cité,
Je voudrois de Maron les ravissantes rimes,
Pour immortaliser votre fidélité.
En triomphe bientôt dans leur douce allégresse,
Les François porteront vos restes précieux,
Et les arts à l'envi, secondant leur ivresse,
Transmettront votre gloire à nos derniers neveux.

Unissons, émigrés, nos ardentes prières,
A celles de Louis, d'Enghien, et CADOUAL.
De Charette et Frotté, de milliers de nos freres,
Qui moururent pour Dieu sous le drapeau royal.
Demandons au Très-Haut, pleins d'amour, avec larmes,
Qu'il abatte à ses pieds tous ses fiers ennemis ;
Et de l'Europe enfin terminant les alarmes,
Au fils de Louis-Neuf rende au plutôt ses lis.

L'APOTHÉOSE

DE

BUONAPARTE.

Que vois-je ? sous les toîts du barbare Mézence
Je frissonne d'horreur ; quels monstres effrayans !
C'est de tous les démons l'horrible résidence,
Qui s'ouvre tout à coup à ses regards sanglans.
Lucifer entouré de flamme et de fumée,
Majestueusement marche à Napoléon :
Il porte dans sa main une palme enflammée ;
Et sur son front la joie et l'admiration.

Tes exploits, lui dit-il, ont frappé mes oreilles.
Je viens les célébrer par des marques d'honneur.
Jamais je n'admirai d'aussi grandes merveilles,
Et je ne puis assez exalter ta grandeur.
Marat, Charier, Lebon, Brissot et Robespierre,
Les brigands qu'a produits ma révolution,
Les Nérons qui de sang ont inondé la terre,
Tombent tous à tes pieds, ô grand Napoléon.

Qui pourroit raconter tes œuvres admirables,
Tes empoisonnemens, tous tes assassinats ?
Guerriers blessés pour toi, malades respectables,
De qui, par le poison, tu hâtes le trépas.
Et ces Turcs de Jaffa, ces Turcs d'Alexandrie,
Pichegru, Cadoual, leurs dignes compagnons,
Mille autres égorgés par ta noble furie,
De ta couronne tous sont les brillans fleurons.

Ton zèle sait étendre en tous lieux mon empire,
Et du Christ, que j'abhorre, anéantir la croix;
Ton art inimitable à tromper et séduire,
Engagea son vicaire à renverser ses lois.
De l'Europe les chefs tremblent dans ta présence;
Soumis à tes clins d'œil, se courbent sous tes fers,
Tu les dépouilleras bientôt de leur puissance,
Et tu te verras seul le roi de l'univers.

Le modèle et le chef des brigands de cet âge,
Du sceptre des François célèbre usurpateur,
Tu protéges des biens et des droits le pillage;
Et, sous toi, l'adultère a perdu son horreur.
Tu proscris les vertus, et propages les crimes,
Tous tes ministres sont horriblement pervers:
A mes brasiers sans fin tu fournis des victimes;
Jamais on n'a peuplé, comme toi, mes enfers.

J'admire ton dessein, digne d'un cœur sublime,
D'empoisonner Louis, seul vrai Roi des François;
Et de faire tomber, avec cette victime,
Tous les autres Bourbons, tous leurs loyaux sujets,
Je déteste leur race, elle est mon ennemie,
Le bouclier du Christ, de sa religion.
L'un d'eux bannit les miens du sein de leur patrie;
Et je n'eus, sous leur joug, qu'une foible moisson.

Mais de tous tes hauts faits que vantera l'histoire,
Celui qu'en mes foyers on élève le plus,
Que mes sujets frappés gravent dans leur mémoire,
Et qui met à tes pieds tous les brigands connus:
C'est le meurtre célèbre, étonnant, incroyable,
De ce jeune d'Enghien, contre le droit des gens;
Ce grand acte, à mes yeux, te rend inestimable,
Et de toute ma cour te mérite l'encens.

Après ces grands exploits, un mérite aussi rare,
Oui, tu dois t'élever au rang d'un empereur,
Qu'on les rappelle tous, et qu'on te les compare,
Nul n'est autant que toi digne de cet honneur.
Je pouvois pour fêter ta majesté suprême,
Députer Belzébuth, premier de mes sujets ;
Mais, grand Napoléon, j'ai cru devoir moi-même
Venir te couronner, et t'offrir mes respects.

Mais, hélas ! empereurs, rois et chefs de la terre,
Sont, de leur trône, un jour renversés par la mort ;
Tu le sais, c'est de Dieu la sentence sévère,
Qui, de tous les humains, veut que ce soit le sort.
Très-peu vont dans le ciel. Pour toi, je te réclame,
Je t'attends, te prépare une place d'honneur,
Plus haut que Robespierre, au centre de ma flamme ;
Et sur ton front ces mots : *Des François l'Empereur.*

Aussitôt il lui ceint sa couronne brûlante,
Et soudain se retire en l'abîme infernal.
Il prépare à grands frais cette place éminente,
Quand de ses affreux jours vient le terme fatal.
Telle est de ce tyran la vie épouvantable.
Suivi de la terreur dans son fleuve de sang.
Il porte dans son sein la frayeur indomtable,
De tomber aux enfers, prendre le premier rang.

Favori de Satan, oui, tu vas y descendre,
Avec ce Caulincourt qui te livra d'Enghien,
Tous les bourreaux qui l'ont condamné sans l'entendre,
Et de tous tes suppôts le détestable essaim ;
Accélère, grand Dieu ! ce moment désirable ;
Ah ! tu dois te lasser d'être sourd à nos cris,
De souffrir des méchans le règne abominable,
D'exposer à leurs traits tes fidèles amis.

Tu vois tous les forfaits qui, commis dans la France,
La rendent pour toujours l'horreur de l'univers ;
Eh ! quelle en est la fin ? La suprême puissance
D'un Phalaris obscur qui la charge de fers.
Il va s'associer à tes nobles images,
Se faire, ô ciel, frémis ! couronner empereur !
Envers elles, peux-tu permettre ces outrages !
Non, c'est dans les enfers qu'il aura cet honneur.

Mais qu'entends-je ? Est-il vrai ? l'impudente furie,
Qui vient de massacrer d'Enghien et Cadoual,
A son couronnement présente l'amnistie.
Ciel ! le crime aux vertus, le traître au cœur loyal.
Lévites, émigrés, irez-vous sur les traces
Des cœurs bas, qui, naguère, hélas ! s'y sont soumis,
A genoux recevoir son pardon et ses grâces,
Et de Satan le sceau sur vos fronts avilis.

Pour moi, père, je veux, surmontant la nature,
Sourd à toute autre voix qu'à celle de l'honneur,
Loin d'un vil assassin et de sa horde impure,
Etre à mon Dieu fidèle, à Louis, mon seigneur.
Je déteste et je plains la malheureuse France,
Où je ne vois qu'horreurs, qu'un sol ensanglanté ;
Et je n'irai qu'au temps où du Roi la présence,
Soleil nouveau, lui rend la vie et sa beauté.

J'irai quand Jésus-Christ environné de gloire,
Y verra, sous ses pieds, ses ennemis vaincus ;
Ramenant avec lui les fruits de sa victoire,
Sa foi pure, les lois, les mœurs et les vertus ;
Quand Tayllerand, Siéyès, Grégoire et leurs semblables,
Sous le glaive des lois expieront leurs horreurs ;
Quand nos dignes prélats, seuls guides véritables,
De leur chef abusé foudroieront les erreurs.

O consolant spectacle ! ô sainte jouissance !
Le verrai-je ce jour, de mes jours le plus doux !
Que dis-je? hélas! mon Dieu, je n'ai plus d'espérance.
Je vois la mort qui va m'abattre sous ses coups.
Mille fois plus coupable à tes yeux que Moïse,
Je le confesse en pleurs, je ne mérite pas
De voir avec ses biens cette terre promise,
D'où seront écartés rebelles et Judas.

J'emporterai du moins le plaisir ineffable
De ne point respirer l'air d'un pays affreux,
De ne point voir un peuple ingrat, abominable,
Qui laissa massacrer son Monarque à ses yeux ;
Qui n'a point éloigné du glaive d'un Tibère,
D'Enghien, ô ciel ! d'Enghien, ô coupable froideur !
L'enfer est moins affreux que cette infâme terre,
En y portant le pied, j'expirerois d'horreur.

Ah ! je voudrois encore emporter dans la poudre
Le plaisir qu'ont souvent demandé mes concerts,
De voir l'affreux Paris, Dieu vengeur, sous ta foudre,
Crouler et disparoître aux yeux de l'univers.
De la voir cette infâme et sanglante Sodome,
Qui de Corse a souffert le tigre dévorant ;
Cet Etna qui perdit le plus brillant royaume,
Se changer, par tes feux, en un lac infectant.

Tes amis l'ont prédit, c'est une juste peine,
Celle de ton courroux qui peut seule ici-bas
Venger mon Roi, son fils, Elizabeth, ma Reine,
Notre d'Enghien chéri, tous ses assassinats.
Alors on avoueroit, grand Dieu, ta providence ;
Que vois-je ? le ciel s'ouvre, un déluge de feux
Tombe, embrase, détruit la Babylone immense.
Elle n'est plus ; le crime a son vengeur aux cieux.

Les peuples qui vantoient cette cité fameuse,
La cherchent, mais en vain, frappés de ne plus voir
A sa place qu'une eau noire, infecte et fangeuse,
Et s'en vont redoutant son pestilent pouvoir ;
Dans cet affreux prodige un autre les étonne :
De son horrible sein ce lac empoisonné,
D'homicides vapeurs vomit une colonne :
Ah ! c'est-là qu'un bon Roi, ciel ! fut assassiné.

Venez, républicains, venez voir votre ouvrage,
Montrez-nous la cité, centre de vos complots,
Pour détruire et le Christ et le Roi son image,
Où du sang innocent vous versâtes des flots ;
Ciel ! il faut foudroyer leur détestable race,
O Rois, de toutes parts, qu'ils soient tous réunis ;
Et pour n'en point laisser sur la terre une trace,
Qu'au lac creusés par eux ils soient tous engloutis.

Vous, peuples, vous viendrez voir ce gouffre effroyable,
Qui remplace l'Etna de la rébellion.
De son sein sortira cette voix formidable :
" Cet abîme est pour vous une grande leçon,
" Il dit, peuples, qu'il faut, pour être heureux et sages,
" Aimer Dieu, le servir, obéir à ses lois ;
" Et de vos Souverains, ses vivantes images,
" Fidèles, respecter la personne et les droits."

COURONNÉMENT

DU SOUDAN DES ASSASSINS

BUONAPARTE.

Quelle affreuse merveille à mes yeux se présente ?
Le vicaire du Christ, son suprême pasteur,
Vient de Rome, amené par la force imposante,
Des assassins Français couronner l'Empereur ;
Mais soudain, lorsqu'il va lui rendre cet hommage
Que toi seul, Lucifer, au tyran suggéras ;
Le ciel s'ouvre, et porté sur un brillant nuage,
Pierre vers lui descend, et s'oppose à ses pas.

Où vas-tu ? lui dit-il, et que prétends-tu faire ?
Après ton concordat ce fléau déstructeur ;
O ciel ! de Jésus-Christ ici-bas le vicaire,
Irois-tu couronner le plus grand malfaiteur ?
Retourne sur tes pas ; ou tremble que sa foudre,
Pour venger son épouse et ses fermes appuis,
Dans son temple souillé ne te réduise en poudre,
Toi, les tiens, le tyran, ses suppots, ses amis.

Pierre, en le regardant d'un œil plein de colère,
Le quitte et prend l'essor vers la sainte Sion.
Tu ne poursuivras point, sans doute, ta carrière ;
O pontife ! éclairé par sa forte leçon,
Tu verras du tyran tous les crimes horribles,
Le monstre meurtrier de l'illustre d'Enghien,
Et souffriras plutôt les maux les plus terribles,
Que d'oser couronner un pareil assassin.

Dans un char, à côté du Néron sanguinaire,
Qui dégoutte du sang d'un Condé, de d'Enghien,
De ton fils, ô, grand Dieu ! verra-t-on le vicaire
S'enivrer de l'encens du régicide essaim ?
A ce scandale affreux, pour le Christ un outrage,
Satan fait de sa joie entendre les clameurs ;
Dans les larmes la foi se couvre le visage,
Le mécréant sourit, le fidèle est en pleurs.

On verra le pontife, appliquer son visage,
Qui de la sainteté doit porter les appas,
Au visage hideux, blême, atroce et sauvage,
D'où découle le sang de mille assassinats !
Vous frémissez d'horreur ; ô peuples de la terre !
Et vous vous écriez, en pleurant ses destins,
O prodige ! Est-ce, ô ciel ! le successeur de Pierre,
Dans les bras, sous les toits du chef des assassins ?

De l'église le chef, Vice-Dieu sur la terre,
Qui jadis à ses pieds vit Empereurs et Rois,
Rampe aujourd'hui devant un ignoble Tibère ;
Et reçoit ses mépris, ses affronts, et ses lois.
De l'athée il accepte une infâme thiare,
Qui souilleroit le front du prince des enfers ;
Ensanglanté présent d'un fourbe, d'un barbare ;
Que suivront le cordon, le poison, ou les fers.

Sortez de vos tombeaux, Charlemagne, ô Monarque !
Qui sur Rome versas tant d'insignes faveurs ;
Et vous, Rois, qui de Pierre enrichîtes la barque ;
Qui des pontifes saints fûtes les protecteurs.
Venez de vos bienfaits lui présenter l'image.
Sensible, il gémira d'avoir blessé Louis ;
Foudroyera le tyran qui tient son héritage,
Et viendra couronner votre vertueux fils.

Mais, si cédant au cri de l'Hydre dévorante,
Et redoutant la mort, l'indigence et les fers,
Il pouvoit couronner d'une main complaisante
Ce front où sont empreints tous les forfaits divers ;
Alors, ô Jésus-Christ ! grondera le tonnerre ;
Un prodige éclatant aux humains fera voir
Que tu veilles des cieux sur la barque de Pierre,
Et que l'enfer ne peut contre elle prévaloir.

Ne sois pas ébranlé, toi, peuple catholique ;
La foi ne dépend point de son premier pasteur ;
Les prélats avec lui forment sa base antique ;
Mais s'il tombe ; ceux-là corrigent son erreur.
De cet arbre céleste et voisin de la nue,
Qui dans tous lieux étend ses rameaux précieux,
La cime est quelquefois brisée ou corrompue,
Mais le corps est toujours sain, ferme, et vigoureux

Ne sois point alarmé, Louis, Roi légitime,
Dieu seul tient dans sa main la couronne des Rois.
Le pasteur subjugué peut couronner le crime ;
Il ne peut te ravir ton sceptre, ni tes droits.
O Bourbons, du tyran la mesure est comblée !
Quatre coursiers bientôt puniront ses forfaits ;
Son indigne couronne aux pieds sera foulée,
La vôtre sur vos fronts brillera pour jamais.

ROBE IMPERIALE

DE

BUONAPARTE.

N'achète point de pourpre une robe éclatante,
Si, des Francs empereur, tu veux t'en revêtir :
Du sang que tu versas la teinture frappante
Te colore bien mieux que l'écarlat de Cyr.
Mais, écoute, les morts qu'égorgea ta furie,
D'un rouge si foncé te couvrent tout entier,
Que la vengeance au ciel et sur la terre crie :
Dans son fleuve de sang plongez le meurtrier.

BIBLIOTHEQUE NATIONALE R.F. IMPRIMÉS

NOTES.

---

(1) Chevert, lieutenant-général des armées du Roi.

(2) Cappel toujours fidèle au Roi d'Angleterre, au temps de la révolution opérée par Cromwell.

(3) Les Bagoas, assassins d'Artaxercès Ochus.

(4) Phocas, Empereur, ou plutôt tyran de l'Orient au 7e siècle, qui fit massacrer l'Empereur Maurice et ses enfans.

(5) Soumissionnaires passés en France, dont quelques-uns sont revenus : soumissionnaires entre les mains de l'agent flétri du tyran, demeurés en Angleterre. Au gouvernement de qui ? du meurtrier abominable du Duc d'Enghien. Puissent leur retractation et leurs larmes effacer le sceau du déshonneur imprimé sur leur front !

(6) Morus, Chancelier d'Angleterre.

(7) Nabis, prince féroce et sanguinaire de l'antiquité.

(8) Buonaparte a tâché de faire empoisonner Louis XVIII, lorsqu'il vivoit à Varsovie.

(9) On doit faire à Buonaparte ce que Tomyris fit à Cyrus : après l'avoir vaincu et pris, elle lui fit trancher la tête et la plongea dans un vaisseau plein de sang, en disant : Rassasie-toi du sang que tu aimois à répandre.

(10) Le Vengeur des Rois, Poème en six chants.

www.ingramcontent.com/pod-product-compliance
Lightning Source LLC
Chambersburg PA
CBHW060848180626
46818CB00004B/1632